古人云：师古人不如师造化。师造化即法自然，也就是我们进行艺术创作必须依托于存在着的自然世界，对自然必须做到尊重和敬畏，而这正是前人所尊崇的艺术追求和准则——尊重自然的存在、遵循自然的规律。在这一点上，今人与古人是同一的：即从自然中求艺术之真谛。对于处在艺术起步阶段的青年朋友们，尤其应该明确这一点。

对于造型基础的学习，许多学生虽然经历了漫长而艰苦的训练，仍感到进步缓慢或成效不明显。究其原因是没有抓住造型问题的核心和关键，从更深的层面上说是缺乏对客观自然世界观察方式的研究——没有以标准的、经典大师的观察方式与表现方法来引领自己的眼光与手法，而流于非规范的习气和套路。这样的求学之路不仅会影响参加艺术学院的专业考试，更不利于将来的进步。当前社会上流行着各种考试范本和考试资料，使许多青年学子失去了判断的标准，严重的甚至会误导对艺术的学习。为此，我们通过总结艺术学院多年的教学经验，结合艺术考试的特点，推出一批能给予初学者以帮助的绘画作品，希望他们通过对范本的临摹、研究，获得一些规范的艺术学习方法和准确的观察方法。

有句古话说：道法上者，得其中；道法中者，得其下。说的就是我们若要提升自己的境界和水准，必须以高标准来要求自己，这样才能获得大的收益。

本书汇总的是在中国美术学院教师指导下，由杭州路基艺术机构提供的学生作品。这些作品都是学生在几个月的求学过程中，通过老师客观而尊重艺术的基础训练方法独立完成的。

在学画初始，许多学生从没画过色彩，对基本的造型知识也还处于入门阶段，然而在中国美术学院的教师有序、合理的教学引导下，迅速地提升了自己的审美眼光和造型语言的品质，经过一段时间的艰苦训练后，提高了对对象进行深入的艺术表现等诸多能力。

在教学实践中，以正确和准确的学术导向、学习方法来构建学生们的基本素养和造型能力是提高学生水平的关键，也是开启学生如何思考及培育创造的钥匙，以经典大师解读自然物象的方法引领学生从一个较高的层面来体悟他们在自然作品面前应如何架构画面和加深表达的深度。

这本教学范本体现了杭州路基艺术机构造型基础教学的思路与教学成果。最后，希望这些作品对正在努力求学的青年朋友在美术专业方面的基础训练中能起到一些认识上和技法上的帮助。同时也希望青年朋友们通过这些训练和学习，顺利地进入美术学院的殿堂。

中国美术学院油画系教授

■色调训练的重点和要求

图1 作者：罗辑

图2 作者：黄璐　　　　图3 作者：苏奕源

一幅色彩和谐统一的作品，自然具有一定的色调，所以色调是相对于画面整体效果而言的一个概念。对于学画者来说，理解了色调就意味着掌握了驾驭色彩的有效手段。所以对如何组织色调、怎样灵活运用色调的相关知识和技巧去作画，就成为我们学习的关键了。

色调可分为暖色调和冷色调，这是以色彩的倾向作区分依据的。同时，色调又可依据不同的色相、纯度、明度、对比度来细分。

色相是按色彩的倾向性进行区分，可分为：红色调、黄色调、蓝色调、绿色调等。

纯度是以色彩的饱和关系为基础进行区分，可分为：高纯色调、低纯色调（灰色调）。

明度是以色彩中的素描关系为基础进行区分，可分为：亮色调、中色调、暗色调。

对比度是以色彩中的对比关系进行区分，可分为：强对比色调、中对比色调、低对比色调。

总之，色调的分类并无高低优劣之分，但是色调的和谐统一是判断画面优劣的重要依据。

图1 色调浓烈，用笔用色大胆有力，色彩的纯度、饱和度控制得很好，具有油画的色调感，是一副难得的色调练习作品。

图2 整体的色调组合较合理，用色明确肯定，不足的是罐子的蓝色纯度过高，橘子的用色过于孤立。这两者在环境色的用色上还不够到位，缺冷色。

图3 作者利用色彩中补色的关系强化了画面的色调感，特别是水果之间——紫色和黄色的色调关系。作者的大胆用色看似冒险，但在突出画面效果时也许是最有效的方法。

■色彩中的空间

图1 作者：陶哲明

图2 作者：周琳涵

一提到色彩，许多青年朋友很快会想到色彩中的冷暖关系、色调、色彩倾向等与颜色相关的内容。对于初学者来说这是很重要的，也是学好色彩的关键一步。但是我们需要进一步去认清什么是色彩中的关系？色彩关系是指什么？是画出好看的色彩吗？和谐的色彩又指什么？什么是和谐的色彩关系呢？在这些问题的背后，隐藏着一个关键所在——空间。

现阶段许多对色彩的评判标准已不是按客观自然为依据，色彩的关系变得越来越概念化，单一的就颜色而谈色彩，忽略了自然界中的色彩空间关系，色彩就变得平面化、装饰化，从而影响了许多人对色彩的真正认识。

色彩之间是如何形成差别的呢？光源、固有色、环境色等都是许多人的直接回答，我想这是粗框架式的提纲，没有直指关键的所在——色彩的空间关系。

我们仔细观察留意生活中的许多自然物象，就会发现其中的奥秘。在固定的光源下，远山与近水的色相明度、冷暖关系相同吗？在相似环境下远处的物体与近处的物体的色彩倾向还会相同吗？显然是不同的。使色彩关系变化丰富的不是色彩本身，而是在层次错落的空间关系之间层次错落丰富的色彩关系。我们只有在学会用空间意识来指导我们对色彩关系的认识，才能真正理解色彩关系和明确学习色彩的目的。

我们以花和青色花瓶为题材，围绕这个主体画出空间效果。

图1 作者很好地利用了复杂的立面视觉效果制造出空间感，高低错落的立面加强了空间感。作者有意将前景的比例和色彩对比关系拉大，从而使画面空间有效地体现出来。同时，画面中前冷后暖的色彩关系表现得强弱分明，统一和谐。

图2 这幅画构图很平实，作者很好地利用了物体之间的叠加关系来表现空间的组合。虽然画面中物体较为集中，但秩序井然，物体之间的光影明确，黑白分明。在画面的处理中更体现出作者处理画面空间关系的能力。

■重色调、深色调的处理

处理重色调、深色调的色彩关系难度相对较大，主要在于色彩的倾向和黑白的素描关系上。

有关重色调的处理问题，其实不在于把重颜色画得多深、多重，而是要明确区分每一块深色之间的色彩倾向是什么，概括地说就是静物的固有色要非常明确。所谓的出现画面"脏"的情况，就是没有把握好静物的固有色倾向的缘故。有时画面中又会出现画"灰"的问题，这是因为许多同学只注意色彩，而忽略了色彩中的素描关系——黑白。在重色调和深色调中，应该首先明确最重和最亮的关系，其余依次和它们作比较，只有这样进行调整，才能有效地找到解决方法，处理好画面。

图1 作者：陶哲明

图2 作者：陈怡

图1、图2 的作者都能明确认识到以上我们提到的两个问题，所以，画面表现得比较有条理，节奏感明确，色彩浓重，不浑浊；在对冷暖与明暗的处理上，作者使物体与衬布之间既有联系又有区别，画面显得生动和谐。

图1中白色衬布、花瓶和酒瓶之间的空间关系处理得很好，冷暖有别，前后错落有序。透明玻璃杯和纯度很高的香瓜的塑造给画面起到了画龙点睛的作用。

图2 中的色调较图1要明快些，色彩更丰富漂亮，但对空间层次的处理略显不足。

■对古典绘画作品构图的重新认识

花和水果的组合是许多艺术学院入学考试中的常见内容。对于主体花的构图，许多学生都利用竖构图来突出主体，这种安排有利于突出主次关系。但是在具体构图时，因为没有了实物的参照也就有了各种可能性，如果考生在平时的生活中没有仔细观察和思考的习惯，往往会套用一些构图模式出现简单化甚至空间位置不合理的构图。在这里我们不想说明什么构图是合理的，只想强调：我们要通过观察才能发现。

经典的作品一定来源于生活——即成经典就是永恒。没有比经典的作品更合理、更符合绘画审美的要求了。我们不妨去翻阅一下大师的经典作品作为借鉴。简而言之，理想的构图是画面取得成功的第一步。

我们要求同学根据大师作品的构图来完成一张考试范作。图1和图2的构图均符合这一要求，同时两者又各有新意。

图1 作者：秦雨

图2 作者：陶哲明

图1的构图完整，平稳而宁静，与图2的区别之处是花的造型。作者把花放在画面上部，散开的花枝使上半部画面的重心偏向左侧，略显不平稳，但作者有意识地减少深色衬布的面积，水果的数量右侧偏多，使画面中不平衡的感觉消失，视觉中心又回到一个平衡的韵律中，使画面生动而不失巧妙，具有动态的节奏感。图2的构图宁静中体现稳重，特别是作者有意识地把背景和深色衬布的色相明度拉近，组成一个大面积的整体，使画面的黑白块面平衡被打破了。为了取得画面的稳重感，作者把花的造型有意识地向右下靠拢，和右下角的浅色衬布上下呼应，从而把观者的视线拉回到画面的中心点。作者通过分析很好地解决了构图中的问题，这是一幅优秀之作。

■主色调的确立

　　主色调即主体色，是决定画面色调方向的主要色彩。它可能是画面中面积最大的一块色彩，也可能是画面中纯度最高、最引人注目的一块色彩。主体色的重要性体现在画面其他色彩都要以它为中心而展开，依据主体色的纯度、明度关系，调整画面的色彩，并共同形成统一和谐的画面色调。

　　对于静物色彩的色调组织，要先确定主体色，再围绕主体色形成和谐的大色块，最后突出点缀性色彩。

　　在默画静物色彩的过程中，衬布的色彩定位是决定画面主体色调的关键一环，确定了衬布主体色也就确定了画面中的环境色和色调关系，余下的景物都只需在这一环境关系内作细节调整即可。

　　这两幅学生作品都是依据同一组试题黄色衬布作画，但两者在主体色安排上有着区别。

图1　作者：罗辑

图2　作者：张宏

　　图1　作者在处理主体色黄色衬布的基础上加上了棕色衬布和深色背景，且面积和黄色衬布相当，虽有主体色黄色作为色调中心，但棕色衬布面积过大，导致色调不如图2明确。但作者有意识地把棕色布的色调向黄色调靠近，拉近两者色相上的差别，同时，主体物白色茶壶和面包的色彩也都带有黄棕色，使画面色彩不混乱。这样的处理手法反映出作者具有一定的应变能力。

　　图2　作者明确将黄色衬布安排为画面的主色调中心，所有的静物关系都围绕这一主体色作调整，使画面明亮，且容易把握色彩关系。画面上虽也有棕色衬布，但在面积上远小于黄色衬布，这就减少了许多的调整内容。对于初学者来说，这种安排更易于掌握，同时也能提高画面中的色彩纯度，使主体明确、主次分明。

■造型中的笔触变化

　　两组相同的静物组合默写，不同的绘画笔触有着不同的艺术表现力，但它们都很好地表达出作者想要的效果，就此我们作一些具体分析，以便同学们能更好地理解笔触在造型中的作用。

　　作者的用笔轻松流畅，看似随意，却处处言简意赅，扎实精到，写意趣味强烈。要做到这一要求很重要的一点就是用笔是虚笔。所谓虚笔是指只用笔锋而非笔根进行刻画，笔触的运用包括扫、提、勾、捺、点等，实为书法的表现手法。

　　图1中明快和谐的冷暖关系，轻巧而有弹性的用笔，使画面具有轻松自然的节奏感，在不经意中达到了对形体把握准确的效果，特别是对篮子边缘的塑造。在这里，用笔很关键，这些笔触的组合（如点、提、勾、捺等）都是在理解形体体面关系的基础上进行表现的，简单地讲就是理解才是最根本的，只有理解体块加上笔法的训练，才能有效地做到意到笔不到。

图1　作者：叶伟

　　图2的作者用笔强劲有力，激情澎湃，与图1有着明显的不同。作者用朴实、理性的用笔概括形的块面关系，时而大刀阔斧地摆笔，时而轻柔浮扫。白色茶壶、水果、香蕉的笔触，方圆结合，有虚有实。作者对静物实体能做精确细致的块面分析，特别是香蕉既有整体的块面分析，也有局部的细节塑造。作者通过用笔的节奏变化体现出物体的前后空间关系，值得大家学习借鉴。同时，对水果的不同刻画也具有不同的效果，前面的水果刻画深入，以突出前后的关系，篮中的水果更注重整体块面的塑造。这样的用笔变化，既简明概括又不失生动丰富，从而可以让初学者更好地了解作者作画的过程。

图2　作者：陶哲明

■暖色调的搭配关系

色彩可分为冷色调和暖色调。冷暖色是根据色彩的色相温差形成的，又依据人的情感而有区别。冷色能表现出情感中的冷峻、低调、平静、稳重等感觉，暖色会让人联想起浓烈、活泼、热情等等。

在绘画作品中，色彩的搭配自然有其规律性可言，单一的冷色、暖色一定是乏味的，没有生机和活力。所以在色彩的绘画中，冷暖色调应互相搭配，互相依附，缺一不可，它们中的差别只是所占比例的多少。

图1 强调色彩的浓重、醒目和响亮。同时，冷紫、冷蓝色的相互穿插搭配，很好地区分了静物之间的质感关系、空间关系。

这张作品用色强烈而不失稳重感，静物之间的色相关系虽然没有图2那样明确，但还是很好地体现了各物体之间的冷暖微差，在物体的前后空间关系上也有较明确的表达。特别是在塑造物体的暗部与亮部的关系上，明确表现了暗部偏暖、亮部偏冷的关系。不足之处是前面的鸡蛋表现得有些平面化。

图2 静物内容简洁，主要是训练暖色调中的冷暖搭配关系，静物以红色为主调。

作者在浓艳的色调中，很好地区分出红色衬布的前后冷暖关系，使前台的红色不抢夺、掩盖主体物。主体物的色彩都以冷色为主，但作者较好地处理了它们之间的冷暖关系，能让观者清楚地看见不锈钢锅和瓷碗。同时，作者又有意识地区分了同属冷色调的不锈钢锅、瓷碗、茶壶之间的冷暖关系。细化的这个过程能有效地让学生学会控制画面中的冷暖关系，同时也有助于他们学会思考、理解色彩中的冷暖关系不是绝对的，而是相互的。

图1 作者：陈怡

图2 作者：苏奕源

■优秀色彩试卷的整体处理

图1 作者:陶哲明

优秀试卷之所以能吸引考官的视线,一定有它的特别之处,也一定具备几个必要条件。那么,哪些条件是优秀试卷所必备的,特别之处又在哪里呢?

现阶段的许多考试都是以默写为主,这就要求学生在进行色彩默写之前应对周围的生活实物进行深入细致的观察体会,其实看的过程就是思考的过程。在观察中注意以下四个方面的问题:1.整体的冷暖色调;2.画面的组织构成;3.静物的塑造和特征刻画;4.画面中的主次、虚实关系。

图1 整体色调:画面中静物的内容很多,没有很明确的色调关系,作者巧妙地利用衬布和锡壶的冷蓝色作为主色调,也有意识地把原本很响亮的水果、蔬菜的亮部色彩处理得冷一些,以此与整体的画面色调取得协调。

画面的组织:组织复杂的静物,一定要处理好主次关系和空间上的层层推远(或拉近)的关系。

静物的塑造和特征刻画:作者对主体物锡壶和蔬菜都有较细致的刻画,特别是壶嘴、壶把的逻辑结构,白菜的根和洋葱的特点描绘清晰,特征明确。

图2 作者:陈怡

画面中的虚实关系:作者很好地控制了画面的整体虚实关系,前景、中景、背景层次分明。作者把白菜、锡壶作为主体部分进行强调,把盘中多个水果进行虚的处理。单个物体的虚实关系也处理得很好,如对白菜根和叶子及白盘的左右的虚实处理,从而拉开了物体之间的空间关系。

图2 整体色调:图2与图1是同一组试题,作者在处理时根据自己的想法以暖黄灰为主色调。在画面中,白菜、锡壶、水果中都带有黄灰色,使色相的关系取得和谐,能统一在同一画面中。

画面的组织:图2的组织构成虽没有图1在视觉上突出,略显松散,但平稳的构图可使画面保持稳定感。

静物的塑造和特征刻画:在这组画面中,作者强调平实、朴素的刻画方式,肯定的用笔和大小笔触的变化很好地刻画了锡壶和白菜的特征。

画面中的虚实关系:作者通过强化色彩的冷暖关系拉开空间关系,显得虚实有致,特别是对锡壶的亮部、白菜的根和叶的关系、蓝色衬布的亮部与暗部关系的处理等。

■色彩纯度的搭配处理

色彩的纯度简单地说就是色彩的鲜亮、饱和度。举例说，纯度是单纯的，少杂色，少调和。纯度的高低和调和的颜色种类有关，较少颜色的调和一定比多色的调和纯度高，相反纯度则低。

由纯度引起的问题有两方面：纯度过高容易产生"艳""有火气""生"等问题，纯度过低会产生"闷""灰"等问题。

色彩纯度的高低不是判断画面好坏的标准，色彩绘画可以是高纯度的调子，也可以是低纯度的灰调子，并无优劣之分，关键是两者用色都要把握一定的规律。

图1、图2所展示的是同一组静物，但在处理纯度关系上各不相同。

图1的作者用色纯度相对较低，画面和谐统一，能还原自然中的色彩，使画面生动而有节奏，可见该学生是通过仔细观察体会才能完整地默画出这一作品。不足之处在于黄色水果和葡萄中的几笔玫瑰红用的纯度过高，使得这几块色彩有些突出，不协调。

图2是一幅高纯度的色调训练默写作品，作者用色大胆且细致入微，很好地控制了色彩的纯度关系。作者虽然有意识地提高了各静物的纯度，但还是能把素描关系控制到位，使画面明亮，主物体的空间处理也很到位。不足之处是主体物白瓶子的浓度关系缺乏有效的过渡变化，立体感不够。

图1 作者：周琳涵

图2 作者：翁琦

■ 色彩中的明度处理

图1 作者：周晓

图2 作者：王珠珠

　　色彩中的明度指在明确色彩纯度、色彩倾向之后的素描关系，也就是我们常讲的色彩中的素描关系。明度控制得好能使画面明快，有节奏感，混乱的明度就像黑白相机中曝光不足所产生的物体之间的关系，模糊不清，反映在画面上就像在色彩上蒙上一层灰色，容易产生灰、发闷的感觉。准确的明度处理一眼就能看清物体之间的前后空间关系、黑白关系、韵律变化，即使是灰色调也一样。

　　色彩中的明度关系不是判断色彩优劣的唯一标准。你可以强调明度关系，画出明亮的调子，也可以拉近色彩明度关系，画出微妙的灰调子，所以学会处理画到何种"度"就成为关键。

　　图1是作者依照真实自然关系中的色彩明度所表现的作品，能将画面中的深色酒罐和白色衬布、新鲜的块肉明确划分，再加上作为过渡的暖黄色衬布和黄瓜、花菜、茶壶等，使画面自然和谐，条理清晰。特别是酒罐和肉之间的明度处理制造出强烈的光影感，对突出主体起到很好的作用。

　　图2的色彩明度关系不如图1明亮，但作者有意拉近了色彩中的明度关系，使静物之间的色彩温和了许多，形成画面的厚重感。拉近色彩明度关系有一定难度，所以不可强求。画面不足之处在于处理空间关系上，特别是茶壶与萝卜、花菜之间的空间感不如图1那样明确，在后面的练习中还应加强对这些细节的处理。

作者：罗辑

作者：叶伟

作者：陶哲明

作者：陶哲明

作者/陶哲明

作者：张宏

作者：周晓

作者：顾林照

作者：黄鹤

作者：秦雨

作者：张宏

作者：陈怡菲

作者：黄璐

作者：罗辑

作者：秦雨

作者：陶哲明

作者：徐晓宜

作者：邱瑞兴